목욕탕에는 국어사전이 없다

이 도서의 국립중앙도서관 출판예정도서목록(CIP)은 서지정보유통지원시스템 홈페이지(http://seoji.nl.go.kr)와 국가자료종합목록 구축시스템(http://kolis-net.nl.go.kr)에서 이용하실 수 있습니다.
(CIP제어번호 : CIP2019050666)

J.H CLASSIC 040

목욕탕에는 국어사전이 없다

김혁분 시집

지혜

달팽이는 달팽이로 어쩌다 나는 달팽이처럼

2019년 12월

김혁분

차 례

1부

2부

3부

4부

• 일러두기
한 연이 첫 번째 행에서 시작될 때는 > 로 표시합니다.

1부

happy birthday

달력에 동그란 나를 그려 넣었어 불만으로 불러도 만족으로 대답하는 수많은 나라는 난 파스타 면발보다 질긴 나라는 난 싱크대에 쏟아지는 석양에 한순간 사라지기도 하는 나라는 난 화장실 세제에 쓸려 내려가는 나라는 난 오해의 일은 매번 이해의 일은 요원 닳고 닳아 사라질까 막막하게 나를 잃어버릴까 달력에 나를 그려 넣었어 수많은 별칭에도 내가 부르면 어디에도 없는 나라는 난 나의 실종에 또 다른 나를 호출해 내는 저 완벽한 모순으로 한번쯤 나를 확인하고 싶었어 8월 그믐에 다시 태어나고 싶었어

happy birthday
다같이 happy birthday

철화백자

1
깨졌다
어머니가 아끼던 자기
地. 水. 風. 火가 산산이 흩어졌다
어느 날 아버지는 흙으로 되돌아가셨다

2
　가마에 불을 지핀다 지금도 달 항아리 같은 얼굴이 선하다 마음이 사그라지지 않아 팽팽한 대칭이다 밑그림 없이 혼신의 힘으로 물레를 돌린다 찰진 황토를 둥글게 말아 올린다 백옥 같은 얼굴이 마음에 활활 타오를 때까지 아직도 보고 싶은 얼굴이다 어떤 형상이든 물과 바람에도 흩어지지 말라고 말리고 구워 단아하게 빚어 놓았다 태우고 태워 그리움을 만들었다 그 앞에 서 본다

3
　철화백자 한 점을 들어 올린다
그려 넣은 궐어鱖漁* 가 아버지처럼 헤엄치기 시작한다

* 쏘가리의 다른 이름.

모성본능

아내 대신 임신을 한 사내(토마스 비티)

성전환 수술 후 10년가량 남성으로 살아 온 털투성이 사내의 길은 가시밭길이었으나 여성 아닌 남성이고 싶었고 턱 수염에서 거웃까지 시커먼 사내처럼 강퍅해지고 싶었다

그러나 한순간 엉덩이를 들어야 했다

사내 밖에 가시 가시계절 가시버시 버시가시 가시사내 사내가 가시투성이 선인장을 타고 올랐어도 이제는 불룩한 배를 만지며 제 속의 아이를 들여다본다

여자 밖의 사내 남성 속의 여자인 사내가 한 생명을 확인하는 것은 모성본능이었다

쾌속 질주

질주하라 신새벽 잠든 길들이 깨어나기 전에 공기를 흔들며 요동치는 요철 너머 짜릿한 쾌속을 원한다면 길은 여명 속에 혈관처럼 뻗어있다 어렴풋한 길을 질주하라 두려워 말라 황홀한 속도에 몸을 맡기면 생은 가벼운 흔적으로 스치는 바람이 된다 영원이란 실제 하지 않는 것 그러니 느낌으로 질주하라 생의 파편들이 튕겨져 나갈 때 순간 블랙홀로 빨려드는 것은 미래의 생이 달려오는 것 질주하는 네 개의 바퀴가 속도에 빨려든다 낮게 더 낮게 바닥에 닿아야 가속의 쾌감을 느낄 수 있다 바퀴는 굴러야 생이다

목욕탕에는 국어사전이 없다

– 물을 아껴 씁시다 –

목욕탕 안에서
한 여인이 씻고 있어

코끼리 같은 몸으로
어디서 물 좀 써 봤다는 듯 샤워기를 틀어놓고

몸에 물이 닿자 폭포가 생겼어
가슴에서 1단 배에서 2단 그 아래로 3단

3단 폭포가 몸을 약간 구부리자 2단으로 변신했어

나는 그 옆에서 빈약한 가슴을 가리며
젖탱이란 말을 국어사전에서 찾아보고 싶었어

코끼리처럼 쿵쿵거리며
두 발을 벌리고 서 있는 여인은 분명 정글 숲에 있었어

검은 수풀을 헤집으며

정글 숲을 지나가고 있었어

나는 정글 숲을 돌아서 가며
물은 물 쓰듯 써 버려야 한다고 오늘 한 수 또 배웠지

– 물을 아껴 씁시다 –

목욕탕에는 국어사전이 없었어

늑대와 함께 춤을*

퇴직한 당신을 입양합니다

서랍 속 명함처럼 당신은 자주 혼잣말을 하고

열손가락을 걸고도 흐림이 있어
엇박자로 다가오는 당신에게

일상은 새빨갛게 지나가기 일쑤였습니다

우리에게 자주라는 말은
어느 날의 사랑에 대한 오독

자주 물었고 자주 울었고 혼자 잠들다
당신은 오늘 서서 커피를 타고 반복적으로 발을 구릅니다

집안에서 네발로 기다가
두 발로 맴돌다 세발로 설 때까지 당신은

하나 둘 셋

\>

취사 버튼을 누르듯 저녁 항구를 떠나듯 춤을 추지만
발의 리듬엔 이슬이 맺혀있어

나는 돌아온 늑대와 함께
스텝 스텝
폭소가 쏟아질 때까지 춤을 춥니다

* 영화제목에서 가져오다.

셔틀콕

한순간 날아올라
시속 200km로 질주한다

거위 울음에서 채집한
방향과 각도에 따라 비행의 궤적을 그린다

거위의 비행은 균형 잡힌 완곡선
깃털이 한 바퀴 회전한다

좌우를 가르는 바람과 힘겨루기를 하다
바람처럼 날아가 딱 한 번 숨을 고르고
고공 낙하하는

5.5g 거위의 울음에
기류가 변하기도 한다

젓가락에 대한 단상

1
삶은 고구마에 꽂혀 있는 젓가락
생을 찍어버린 빗나간 또 다른 생의 모습이다

2
식탁에서 떨어진 젓가락이 발등을 찍었다
순간 작살에 꽂혀 붉은 피를 흘리는 고래 한 마리를 보았다
세상 속으로 떠밀려와 두 눈 그렁거리던

3
젓가락은 한 벌이라 하는데
나는 길이가 다른 젓가락질을 하고 있다

혼자 웃었다

루머

눈 씻고 봐도 잘 보이지 않는 바늘귀처럼 일상을 헛딛다 마음이 삐면서 알았다 내 삐걱이는 마음에도 그가 귀를 기울이고 있었다는 것을, 촘촘히 놓인 침상에 누워있을 때도 안간힘으로 귀 기울이고 있다는 것을, 내 난청의 마음을 알지 못하고 사방으로 흩어지던 그의 하루가 한 달이 되고 6년이 되도록 그의 향방은 바늘귀만 열어 놓은 여정이었다 안테나처럼 세워놓은 내 귀 어디쯤에서 그는 다시 이동 중일까 슬픔을 더듬다가 다시 그를 잃어버린다

루머여도 좋았다 들려오는 모든 소식을 듣기 위해 귀를 열어 놓는다 침침한 눈에 바늘귀가 열리듯

낚인 것은 내 이력이 전부였다

저수지의 한낮은 체온보다 뜨거웠다
낚싯대를 펼쳐놓고 기다렸지만 대어는 늘 소문으로 잡혔다

찌를 바라보는 눈 속으로 가계家系가 가라앉고
손맛을 보기 전에 떡밥은 언제나 밥의 수명을 다했다

수면이 고요할수록 느슨해진 줄이 비릿한 나날 같아 잡아당
겨 놓았다

기다림이 잔잔한 위로가 되어갔다

활시위를 당기는 사수의 시선처럼
단 하나의 대어를 낚기 위한 부동의 자세가
저물녘엔 기도가 되었다

대어를 낚았다던 성공담만 빈 망에 가득하고
바늘에 걸린 것은 내 이력의 전부처럼 익숙해지지 않는 챔질
이었다

빈 챔질을 할 때마다 호주머니에선 한 장의 사직서가 젖고 있
었다

퍼즐을 맞추다

쏟아진 당신의 기억에서 퍼즐 찾기를 한다
뒤섞인 색색의 퍼즐 조각들을 펼쳐놓았다

찬란했던 당신이 있고
어둠 속에서 우두커니 서있는 당신도 있다

(이름마저 놓아버린 당신을 탓하려는 건 아니거든요
지금부터는 당신도 함께 맞추어야 해요)

한걸음 한걸음 내딛을 때마다 따라와 주는 당신이 고마워

언젠가 당신이 그랬던 것처럼
이제는 내가 당신 손을 잡고
텅 비어가는 당신의 기억 속으로 가고 있다

당신의 기억이 자꾸 헐거워져 내가 가만가만 앞장서 간다

족저 근막염

물 위를 헤엄쳐 나온 나는 물고기

지워지지 않는 비린내
마른 몸피에 돋아난 비늘을 습관처럼 떼고 있다

푸른 별자리가 바뀌는 동안 지느러미는 발이 되었고

직립의 후유증은 4억 년을 거슬러 올라가 물결에 잠겼다

지나온 길과 지나갈 길의 경계에서
발목을 조이며 바닥을 두드리던 발소리가 끊겼다

걸음걸음 따라 붙는 통증마다 돋아나려는 비늘

굳은 발바닥에 물고기좌를 새겼다

땀에 젖은 신발을 벗어놓았다

너를 베껴 쓸 수 있었다

너를 깨물었다
되돌아 설 수 없는 가려움으로 붉어지는 귓불

손가락을 걸지 않아도 두근거리는 네 안부는
껴안을 풍문이 아니라서 입술만 들썩였다

뜨거웠고 동동거렸고 손을 데었다

한숨을 몰아쉬고야 시린 너를 베껴 쓸 수 있었다

네게 가는 길목은 눈을 비벼도 문고리가 보이지 않고
수많은 열쇠들로 채워져 추억으로 기억을 풀어야 했다

첫눈이 오면
네 웃음소리를 다시 들을 수 있을까

지은 죄 없이도 살얼음 같은 심장에 눈이 쌓일 수 있을까

첫눈은 폭설이라 했다

\>

한 편의 드라마 같은 너를 보며

틈틈이 숨은 웃음을 찾는 동안에도 폭설이었다

누구일까

낮게 드리운 고요를 깨며 전화벨이 울린다

'당신 거기 있는 거 다 알아 어서 받아 어서'

누가 이 시간에 나를 찾는가
수화기를 들었지만 상대는 침묵하고 있다

보이지 않는 사람에 대해
인사를 건네는 일은 쉽지 않았다

여 보 세 요
한 옥타브씩 올라가는 내 감정의 인내심

시험하고 싶었던 것일까

어쩌면 침묵으로 모든 말을 전하고 싶었던 것일까

누구일까
저 긴 적막 끝에서
자신의 존재를 확인받고 싶어 하는 그는

\>

전화기를 들고 서 있는 나는

우리는 누구였을까

취급주의

당신이 미리 써놓은 묘비명을 읽었습니다

등불이었습니다
이제는 그 등불 밑에 우리가 모여 당신을 밝히고 있습니다

발열의 징후처럼 붉은 줄이 늘어갑니다

당신은 모로 누우면
땅의 소리가 목관악기처럼 편하게 들린다고 하였지만

우리에겐 당신의 울림이 낮게 파동 쳐 온 몸을 저미게 합니다

아무것도 할 수 없어
깨진 뒤에야 느끼는 통증만 남아있습니다

수리할 악기처럼
당신은 깊은 잠으로 빠져들고

당신 밖의 일은
당신과 상관없이 지나가고 있습니다

>

당신이 미리 써놓은 묘비명이

모인 우리를 죽비처럼 내려치고

2부

구멍에 대한 담론

우리의 몸을 관통해 가는
목,
구멍이 유일한 통로라 했다

사실은 목숨을 위해 얼마나 많은 구멍을 벌렸나

눈구멍으로 들어와 목구멍으로 넘어가는 목격들
귓구멍으로 들어와 목구멍으로 넘어가는 의문들
콧구멍으로 들어와 목구멍으로 넘어가는 바람들

윗구멍에서 아랫구멍까지 긴 끈 하나를 유지하기 위해 독설처
럼 배설해내는 것이 삶이겠지

구멍은 뚫려 있어야 살 수 있는 것

고무장갑

고무장갑을 끼고 설거지를 하다보면
늘 오른손이 먼저 헤져 물이 새곤 하지

그때마다 고무장갑을 바꾸면
새 것 같은 왼쪽만 쌓여가지

오늘도 오른쪽 고무장갑이 찢어져
쌓여있던 왼쪽 고무장갑을 뒤집어 꼈지

S대를 나오고도 적당히 사는 법을 몰라
한쪽으로만 기울어지던 외사촌처럼

좌회전과 우회전을 자주 해야 하는
이 동네에서 수시로 일어나는 사고처럼

빨간 고무장갑을 뒤집으면 하양
오른쪽도 왼쪽이 될 수 있다는 걸 알았다면

날마다 텔레비전에 나오는 국회의사당이
푸른색이라는 걸 몰랐을 텐데

쓰 – 윽

쓰 – 윽

이런 기분 알아?

내 터전은 바닥이라 더 이상 털어낼 바닥은 없어

훔친다는 것은 네 것 내 것 없이 전부를 취한다는 말

훔치고 터는 일은 손 탈 일이 없어 천직이라 말하지

어떤 손가락 끝도 나는 따라가지 닦을 것은 넘치고 넘쳐나

내 안목은 녹슬지 않아 털면 모두가 빛나지

바닥은 차고 넘쳐 내 눈은 비켜갈 수 없지 손에만 들어오면

동작 그만!

이런 이런 뒤를 들추려 하지 마 털어 먼지 안 나는 놈 있어?

>

내게 마음 쓰이는 건 당신이야

세상 당당하게 훔치며 산다는 것이 얼마나 아름다운 위로인 줄 알아

걸레는 빨아도 걸레라는 말은 이제 옛말

그러니 쓰 – 윽 오늘을 닦아 봐

꼬리의 훗날

당신이 묻고 있는 나는
당신의 꼬리 끝에서 시작한 훗날이다

뒷모습은 기억을 더듬는 열차처럼 멀어져도
꼬리는 꼬리표처럼 달고 살겠지만

당신이 선심 쓰듯 손을 내민 것이 위로가 아니었기에
당신이 나를 흔들수록 눈 코 입이 사라져도 내 꼬리는 격렬해
졌다

바닥을 휘저어야 뜨는 꼬리곰탕처럼
뒤섞이고 싶었지만 꼬리가 내 표정을 읽어버려

혓바닥을 데며 벽보다 더 단단한 바닥을 견딘 것은
가슴 밑바닥부터 데울 중심을 찾기 위해서였다

무작정 무대 밖으로 벗어던질 수 없는 훗날이라서

어느 날 당신이 꼿꼿하게 세운 내 꼬리를 본다면
그것은 내가 흘린 눈물의 외침

\>

화려한 공작의 꼬리나 여우의 꼬리보다

틈을 비집고 나가려는 꼬리라서 당신을 쉽게 떠날 수 있었다

당신의 꼬리 끝에 꼬리표 하나를 더 붙여놓았다

우울한 사색

사각의 투명 관에 갇혀 거실을 구경하고 있어 당신들의 관심
으로 몸피를 늘이지 내 학명은 이구아나 야성을 거세하려는 당
신들 손이 항상 목을 조여 오지 냉혈동물의 피를 보려는 저 이글
거리는 호기심 자상함을 가장한 교활한 얼굴들이 잡식의 내 식
욕도 초식으로 바꾸어 놓았어 그래서 허물과 함께 벗어 던지기
로 했어 꿈틀거리는 식욕으로 꽃향기와 시간을 삼키면서 돌아다
니던 드넓은 푸른 숲과 풍덩 빠지던 비취빛 강 잊지 않으려 해 난
작은 공룡의 살아있는 화석이야 움직임 없이 당신들을 관찰하지
지능 낮은 파충류로 치부하는 당신들 내 후각의 예민함을 알고
있나? 당신들 일거수일투족이 내 코에 감지되어 머릿속으로 전
송된다는 걸 가만 이 집 안주인이 돌아왔나 봐 현기증 나는 향수
냄새가 풍기기 시작해 이제 내 사색도 혀끝에 감아야 할 시간이
야 봐, 저 긴 손가락이 내 목을 쥐고는 머릴 쓰다듬겠지 입을 크
게 벌려 엄포를 해도 순간 포착 잘 하는 저 손이 내 입 안 가득 채
소만 밀어 넣겠지 오, 추스를 수 없는 격한 사랑이야 저 여잔 전
생에 연인이었을까 내 알몸을 쓰다듬는 손길이 자꾸 끈끈해지잖
아 어쩌자고 내 근시의 눈에 당신 눈을 자꾸 맞추는 거야 제길,
삐리리 삐리리 세상에서 가장 아름다운 눈을 가진 딸이 왔나보
네 딸은 심장이 콩알만 해 내가 목에 힘이라도 주면 이미 파르르
떨기 시작하거든 꼬리로 탁 바닥이라도 치면 강아지처럼 달아

나거든 내게 이런 위엄이 아직 남아 있다니 천만 다행이야 이크!
아들도 돌아왔군 저 녀석은 말 못할 폭군이지 내가 아무리 몸을
세워도 꼬리를 세게 쳐대도 겁 없이 날 집어 든다니까 가소롭다
며 툭툭 내 면상을 쥐어박기까지 하는 저 놈 앞에서는 꼬리를 내
리는 것이 상책이란 걸 이제 난 알아 어? 벌써 시간이 이렇게 됐
나 마지막으로 이 집 주인이 돌아왔어 나를 데려온 주인이야 저
사내에게는 좀 잘 보여야 해 그게 주인에 대한 예의일 것 같아 하
지만 잊지 말아야지 돌아갈 정글을 위해 오늘도 혀를 내밀어 채
소라도 받아먹어야 해

　날마다 톱밥에 묻히는 의식을 깨우며

오븐

한때는 덤덤했지

어느 날 저녁 당신이 나를 열어 나는 뜨거워졌지

긴장하지 마
예열을 위해선 시간이 필요해

훅 훅
머리에서 가슴으로 그리고 배꼽까지 내려가고 있는 열기

더 이상 견딜 수 없을 때

그때
나를 열어 봐

침착해야 해
다 데워지지 않았다면

좀 더
조금만 더

메멘토 모리

　정오의 태양보다 뜨겁게 타오르는 왕조, 파라오의 길고 긴 조문 행렬 속으로 모든 발이 들어갔다 그녀는 왕의 여인, 신의 질서를 따라 죽음 밖을 향해 걸어 들어갔다 태양 아래 놓인 삶은 사진첩에서 사라진 한 장의 환영처럼 피라미드의 뾰족한 시간 속에 봉인되었다 그러나 모래바람을 재우는 별빛과 달궈진 사막여우 울음소리에 귀가 열린다 그녀가 흩뿌리는 향수에 유목의 느린 걸음처럼 깨어나는 황금가면 주술이 풀렸다 금빛 찬란한 가면을 벗으면 죽음은 끝나는 것일까 낮은 숨을 고르며 스핑크스가 살아난다 짙은 눈 화장의 그녀가 품에 안기는 순간 향기로 흩어질 나를 위해 레퀴엠이 흐른다 신의 질서가 열리는 것이다

　신의 발등에 입을 맞췄다 천년의 잠을 깨우려

후견인

당신을 그곳에 남겨놓고 돌아온 날

당신이 좋아하던 꽃의 꽃말이 떠오르지 않아 꽃가게 앞을 서
성였다

살아서 살아가는 일이 감옥 같아도
살다보면 감사할 일이 속죄할 일보다 많아

당신에게 건넬 백합 몇 송이를 골라들었다

노을처럼 턱밑으로 낮게 번지는 향기가
당신이 내게 준 화사한 날들처럼 은은하였다

이제는 내가 당신의 후견인이라서 감사합니다라고 썼다

지나간 시간을 뒤돌아보면
사랑이라는 말로는 다 위로가 될 것 같지 않아

당신이 내 후견인이 된 오래전 오늘엔 아무도 초대하지 않았
다

시계

온종일
얼굴을 닦고 있죠

끝없는 반복

저
지칠 줄 모르는

번복

세상에나, 우리들처럼

젖어 있다는 것

당신과 나의 젖은 바닥이었다 얼룩을 마른 손으로 문질러 본
다 젖었다는 것은 당신과 내가 같은 생을 통과하는 중이라는 증
거지만 아직도 나는 당신의 바닥에서 웃는 얼굴을 해야 하는 늙
은 여인이다 여인의 화장이다 때론 당신이 내 손을 잡으며 불쑥
불쑥 믿음을 말하지만 그건 절망들 침이 마르도록 말해도 입술
에 침만 바르는 당신이기에 이제는 긴 침묵으로 바닥이 흥건하
다

그 흥건한 자리에서 나는 다시 입을 뗀다

모기

쿨한 그녀는 알몸의 모더니스트
생식에 이골 난 고양이보다 깔끔한 미식가

찍어놓은 키스마크는 그녀의 유일한 생존방식

피 한 방울에 전율을 느낀다

나는 허벅지를 긁다 엉덩이를 흔든다
이것이 비음으로 앵앵거리며 그녀가 원하는 체위

탁 치면 한 번의 절정으로 끝낼 것 같은 만남
심장이 **빠르게** 펌프질 한다

피 맛을 아는 그녀는 사디스트

땀에 흥건하게 젖은 입술을 찾아
포만으로 한 밤의 휴식을 취하려는 그녀

그녀와 물고 물리는 신경전으로
온몸이 부풀어 오른다

절정의 순간까지 피 튀기게

목적은 과녁이 아니다

목젖은 목적에 이르는 통로 같은 것

한 사내가 목젖을 내놓고
부서진 벽돌 같은 웃음을 짓는다

어디서 놓친 것일까
미끄러진 그녀의 귀를

마음 통하는 접점은 입이 아닌 귀라서
눈이 먼저 우기의 강물처럼 흘러넘치고 있다

목젖을 내보이는 것은 목을 내놓는 것

한 여자의 침묵 속에서
사내의 눈동자가 구르고 있다

그녀의 심장에 과녁을 세우려는 사내는
제 전부를 걸고 종처럼 흔들리고 있다

평행으로 달리는

그녀와 사내 사이의 중앙선은
어디에서 한 번쯤 지워질 수 있을까

선이 사라진 곳에서
울어 본 자만이 늑골 휘는 떨림을 알게 된다

혹, 당신도 누군가의 가슴에 당신을 세우려거든
귀를 관통할 목젖을 열어 보여라

방아쇠를 당기려는 목적이
온통 과녁에 있는 것은 아니므로

시식詩食

시집 한 권을
통째로 맛보기로 하였다

바이오리듬이 최고라는 날
시집의 알맹이를 벗기기 시작하였다

첫 장을 넘기자 집채만 한 몸이 보였다

우윳빛 문장에 흐르는 생각과
불끈거리게 하는 탄탄한 사유

자꾸 커지는 눈
깜박일 수도 없이 들여다보았다

구석구석이 조각상처럼 저리 섬세할 수 있을까

행간에서 읽히는 미소까지
깊이를 가늠할 수 없는 백자 같기도 하였다

감히 말 한마디 걸어볼 수 없어 부끄러웠다

\>

맛을 모르면서
맛을 말한다면 실례가 되겠지

씹고 또 씹었다
침이 조금씩 고이기 시작하였다

당신과 첫 키스를 할 때처럼

퍼포먼스

저 아우성을 무슨 빛깔이라 말할까
몸에 색을 얹고 물드는 캔버스

화가를 지지하는 벽은 사라진 적 없어
벽을 앞서 캔버스를 벗어나려는 화가는
혼신의 힘으로 장벽을 넘고 있다

펼쳐놓은 몸 위로 나비라 썼다 덧칠하고
장미향을 뿌렸다 지우고
푸른 가시를 화폭 속 문장으로 들였다

색을 죽이고 선을 죽이고 면을 죽여야
한 뼘 더 잘 보이는

수련 위로 쏟아지는 빛을 내걸고
모네를 거슬러 회화의 변천사를 써 내려가고 있다

흐려야 환해지는 몸 위에
채색하고 싶은 그림을 완성하였다

>

순간 몸으로 찍어 낸 화폭에 읽어본 적 없는
시 한 편 내걸렸다

캔버스를 벗어난 화가의 퍼포먼스를
종일 바라보고 있었다

3부

주식株式 주식主食

미스터 손은 마이더스 손이라 해서 우량 건설 감자주식을 샀다
마이더스 손은 삽질만 하는 마이너스 손이었다

주식은 퍼 넣을수록 속 쓰린 밥 같았다
전광판 가득 오르내리는 말씀의 장에 들어도 푸른 화살만 빗
발쳤다

누군가는 치고 빠지다 자빠지고
누군가는 치고 들어가다 자빠졌다
찬밥이 될지 쉰밥이 될지 모르고 뜨거운 밥이라 믿었다

김빠지는 소리가 들려도
운칠 삼기는 재력에 이르는 지름길이라고 끌어 모은 전錢을 투
하했다

치고 빠질 순간에 치고 들어가는 개미의 악수握手였다

망둥이가 뛰면 꼴뚜기도 뛰어야 장이라고 물 타기를 한다
떨어지는 칼날을 잡았지만 끝까지 가보는 거다

\>

치고 빠지는 묵언수행도 세시 반이면 해제되지만
밑장 빼서 다진 쌍바닥은 한밤중에도 묵언 중이다

관은 영관을 달고 외인은 와인을 들고 돌아설 때
눈 감고 경구만 외던 신념은 독실한 신앙이 되었다

주식株式은
삼시 세끼 어금니를 깨물어야 하는 주식主食과의 악수였다

타조에게 말 걸기

원점을 이어 원을 그리면 날개 소리가 들리지 않니

귀 기울여 봐
눈을 가리면 걱정이 없어 절벽 끝에선 안대를 풀지

젖은 날개로 바람의 방향을 정하게 되지 비상이 문제는 아니야

추락이란 날아 본 자의 변명이 아니라 발견일 수도 있어

걸음도 못 뗸 내일이 절벽 끝 막장이라 술렁여도
오늘의 새소리를 내야 돼

빗속에서 갈증이 생긴다는 것은
아직 당신에게 소속이 있다는 것

진실은 가설에서 시작하지
그럼 정면은 허점이 될 수도 있을까

달려 보는 거야 옆만 보고 원을 그리며
한 바퀴 돌고 나면 제 자리에 찍히는 점 점 점의 세계

세상에서 제일 큰 눈 속에 날개를 펼쳐 점 하나를 찍듯

여섯 번째 감각

    탱탱한 맛의 탄력 (☆)을 씹는다 이빨 사이에 끼어도 쫀득하게 살아있는 (☆) 떡집 앞에서 한 노인이 쭈그리고 앉아 (☆)을 씹는다 한세상 씹어 온 입으로 씨씨 퉤퉤거리며 씹을수록 우러나는 (☆)을 씹는다 살맛나는 맛을 맛보고 싶어 (☆)을 씹는다 씹고 씹어도 허기는 가시지 않아 턱 빠지도록 씹고 또 씹는다 평생을 씹었어도 삼킬 수 없는 (☆) 씹고 씹혀도 변하지도 않는 (☆)을 씹다가 노인은 한순간 혀를 깨물었다

    여섯 번째 감각을 확인하고 있다

카수 마르주 *

치-즈

하얀 치아를 따라 카메라의 앵글이 돌아가네요 살아있는 치즈 한번 맛보실래요 입맛 돋을 최상의 암모니아 향을 맡아 보세요 당신의 입안에서 톡톡 터지는 애벌레 맛이 최고예요

정력은 입심이라지만 덥석 깨물 수 있는 턱심도 있어야죠 어금니로 꽉 깨물어 봐요 애벌레 향이 어떤가요? 괜찮지 않은가요? 에이, 웬 엄살입니까 곰의 쓸개도 정력을 위해서라면 잘 뽑아 마시면서

일으켜 세워봐요 카사노바 씨도 즐겨 먹었다죠 곰삭은 '치즈의 눈물'에 기운 빠진 몸을 맡겨봐요 거봐요 숨소리가 거칠어지잖아요 참 빠르네요

당신도 검증 받고 싶은 거 맞네요

* 썩은 치즈 또는 구더기 애벌레치즈로 불리는 치즈.

노점상

집으로 가는 길모퉁이를 돌아서면

일년 내내 앉아 있는 노점상 사내

오늘은 과일들 앞에

    단 감
    감 귤

이렇게 읽어도 저렇게 읽어도 단감과 감귤

붉은 매직에선 단맛이 났고 굵은 글씨체에선 신맛이 났다

수레 가득 쌓아 올린 과일들은 반짝 윤을 내고

하, 허, 호

묶였던 손이 풀렸다 속도에 중독되어 액셀에 발을 얹는다 하, 허, 호 웃음이 넘치는 도로 위를 달린다 앞서거니 뒤서거니 익숙한 표정들, 이 노선이 같은 목표를 찾는 좌표였던가

낯선 곳 한 몸 빌려 찾아왔다 잠시 잠깐 빌려 쓰고 벗어던지면 그뿐, 다시 액셀을 밟는다 여행은 확정하는 것이 아니라 문득 도착해 보면 그곳이 종착지였다 계획했던 탈출이 미완으로 기록되는 잡범처럼

조목조목 밝힌 알리바이에도 벗어날 수 없는 트랙 안의 시간들, 죽였던 속도를 앞세워 어디 한번 가보는 거다 긴밀히 말을 걸지 않아도 동행이 된 길손들, 직진하는 속도에 취했다

끈질기게 회귀하는 발의 복원력

열기로 달궈진 길 위에서 더는 덜미 잡힐 유책 목록은 없다 포획당한 핸들 속에서 중심을 잡는다 허허실실 스스로 등짐을 자초한 여행자들, 분절되는 시간의 터널 속으로 잠겼다

잘 찍고 잘 맞추고 잘 풀어!

통과의례라고?
토닥이던 등을 떠밀었다

오늘의 문턱을 넘어야 내일의 길이 결정될 판이다

잘 찍고 잘 골라야 한다
(결혼할 나이도 아닌데, 뭘?)

잘 맞춰봐야 한다
(여자 친구도 없는데, 입을?)

잘 풀어야 한다
(허리띠 푸는 건 쉬운데, 어디서?)

그렇게 잘 찍고 잘 맞추고 잘 풀면 내일이 바빠져?

끝인 듯 끝이 아닌 것을 알기에
시험장에 들어서는 발길이 무겁지 않았다

폭염

복어 회를 먹은 사내의 배가 부풀어 오른다 삼복더위에 땀을 비 오듯 쏟고 있다 여자와 제대로 살 한번 섞지 못해 혼자서만 뜨거웠던 사내가 괴성을 지르고 있다

몸에 독이 번지자 독이 오르는 사내

온 신경에 독이 몰려다닌다 칼에 반사된 열기가 훅 내뿜자 사내는 손에 잡히는 걸 집어 던진다 여자는 서있기만 했다

논 팔아 필리핀에서 데려온 여자였다 손 발짓만 할 줄 아는 여자를 바라보는 사내의 눈빛이 폭염이었다 여자가 기대선 담벼락 아래로 사루비어는 피어있었다

노래방에서

불혹의 나이에 자식을 남겨놓고 떠나간 여자 갈 테면 가라지 천당이든 지옥이든 갈 테면 가라지 어쩌다 마주친 그대 젊은 사내의 가슴팍에라도 가라지 다시는 뒤돌아보지 않을 여자여 영영 잊지 못해 한평생 아니 죽어서도 사랑한다던

미련 때문인가 당신은 모르신다며 이 빈 가슴 어찌 하나요 세월이 흐른 뒤에 뉘우치지 말라며 체위 바꾸듯 온 몸을 비틀고 있다

마흔아홉의 나이가 어때서 happy day happy day 어떤 여자든 내게로 와 이제는 돌아온 싱글이니 두만강 빈 배를 저어 저어 가면 젊음을 되돌릴 수 있지 않을까 비음으로 흘러 간 시간을 자꾸만 불러본다

한 사내가 젊은 도우미의 어깨에 빨판 같은 손을 얹고

진리, 질리도록!

사람들은
높일 수 있을 때 최대한 높이는 게 상책이라고

콧대를 높이고
계란 프라이 같은 유방을 빵빵하게 높이고
넘어질 때 넘어지더라도 구두 굽을 15cm 높인다

누가 눈을 치켜세워도 올려다보기 어렵게

저 저 올라가는 빌딩
저 저 치솟는 초고층 아파트

하물며 화분의 바키라도 높이 자라고
그곳을 기어오르던 달팽이도 더 높은 곳을 향하여!

그래봤자 모두 헛일

단단한 흙에 뿌리내려야 실한 거라는 할머니 말씀이
내게는 아직도 진리, 질리도록!

현실 아래 엉덩이 까고 앉아 있는 나는 더 내려앉고

탱자를 읽다

떨어진 탱자 몇 알 주워든다

과일? 열매? 씨앗?

어떻게 보아야 할지 모르는 몇 알의 탱자

한 입 깨물자 순간 샛노란 신맛이 시다

나와 계절 사이
아니 나와 나 사이의 행간에 있는 듯하였다

탱탱하게 여문 탱자 몇 알 주워들고
이번 가을을 오독오독하고 싶어졌다

나를 오독하듯
간혹 뭔가를 쓰다 남겨놓은 내 생활을 오독하듯

오늘의 뒤편처럼

이 별의 눈꺼풀엔 젖은 반나절이 남아

여기가 거기일까
당신이 사라졌다는 별

바람에 날리는 로즈마리향으로 한 순간도 투명해질 수 없었다

이 별의 눈꺼풀엔 젖은 반나절이 남아
울음이 함부로 새는 루트를 따라 신발 끈을 다시 조인다

작은 행성 같은 마음의 닻을 내리면
당신 잔영이 안부처럼 몇 컷 웃음의 문양으로 인화된다

주머니가 가벼우면 나눌 것이 많은 연인처럼
여기는 서로의 주머니가 가벼운 지구라는 별

아직은 당신과 첨벙거리며 발맞추고 싶어
나를 부르는 환청에 양손을 흔들었지만

쏟아지는 별 때문에 신발이 자주 벗겨져
이 별의 부푼 냄새를 주머니에 다 채울 수 없었다

>

여기는 이별보다 더 먼 별이라

근황 없는 손으로 입을 가리게 된다

해미읍성

누구도 불러주지 않는
강아지풀 애기똥풀 달개비들이 수런거리는
성 안의 하루가 하품처럼 늘어지고 있다

침묵으로 견뎌 온
증언하지 않아도 증거로 남겨진 흉터들

수백 년 동안 이교도의 피를 품은 회화나무처럼

가슴에 담아 둘
그 무엇도 발설할 수 없는

1 人
10 人
100 人
1000 人
의 여린 혀를 뽑아버려
더듬거리며 모질게 끌려 나오는 암울한 역사

이제는 누가 재촉하지 않아도

시간은 제 과오를 부릴 줄 알아야 한다

해거름에 회화나무가 숨어 외치던 외침을 뱉어내고 있다

엊그제 같은 그 시간의 길 위에 서서

낙지

도마 위
얼마나 더 꿈틀거려야 절명할까

머리에 뿔난 놈은 있어도
머리 밑에 다리 달린 놈은 세상천지 처음이라는

종족의 비애

왕관처럼 다리를 들어 올려도
가십거리처럼 씹히는 것은 온통 다리뿐

수없이 뻗어보아도 늘 하나인 몸
한 마디 뼈도 없이 물살을 가를 지느러미도 없이

온 몸을 격렬하게 움직여도
허물렁한 머리는 원죄인 듯 끄덕끄덕 거리기만 한다

탕 탕 탕

한 접시 위에 놓인

헛 죽음 같은 낙지를 빠른 손놀림으로 휘젓는다

확인하지 마라!
몸에 사리는 애초에 없었으니

누룽지

그는 제 속의 허기까지 단단하게 말리고 있었다

때때로 납작하게 몸을 낮추던 타승바지 사내는 술을 마신 날
이면 속옷까지 훌러덩 벗어 던졌다 누구에게 대항이라도 하듯
맨주먹으로 허공을 후리던 알몸의 사내, 한 마리 짐승처럼 마을
을 휘젓던 사내의 괴성에 동네 똥개들이 덩달아 신나기도 하였
다 문중의 어른들은 늦도록 두런거리고

보리파도가 일렁이며 온 몸을 밀어 올리던 그믐밤 보리밭에
숨어 훔쳐보던 사내의 거웃이 달빛보다 더 은근하다는 걸 알만
한 아낙들은 다 알았다 그런 사내가 대구인가 구미인가 공장을
찾아 훌쩍 떠나자 아낙들은 기둥 같은 머슴 하나 잃었다며 모여
앉아 양푼 가득 누룽지를 먹어치우던 사내처럼 누룽지만 씹었다

어떤 기억은 누룽지처럼 긁으면 긁을수록 뭉쳐졌다

4부

털모자를 짰다

비행시간 동안 공중감옥에 갇혔다

털모자로 아프리카 어린이의 생명을 살릴 수 있다는
스튜어디스의 말에 털 뭉치를 건네받았다

밤이면 곤두박질치는
아프리카의 수은주를 생각하며

할딱이는 체온으로는
어머니의 품속에서조차 견딜 수 없다는 아이

빠른 손놀림으로 털모자를 짠다

한밤의 추위를 견디며
까맣게 얼어가는 아이를 향해 달려가다
코바늘에 실이 엉키기도 하였지만

13시간의 공중감옥에서 두 개의 털모자를 짰다

어린 생명에 딱 맞길 바라며

안녕, 펩타이드

화장을 한다 맨 얼굴이 사라지고 촉촉해진 눈 위로 아이라인이 번진다 시간이 지나간 주름마다 독이 번져 오른다 독은 독으로 다스린다고 했다 독기는 고스란히 얼굴 속에 퍼져있다 살아온 모습을 화장으로는 감출 수 없어 잠시 숨을 몰아쉰다 한 표정 위에 화장품을 덧 바른다 펩타이드 * 를 찍어 바른다 꽃피는 자리에 분홍의 독성이 묻어난다

* 화학성분구조가 뱀독과 유사한 물질.

판화

모든 굴곡은
칼날이 스치고 지나간 자리

날에도 눈이 있어
형상의 그늘은 칼의 눈동자가 박힌 거다

각인된 문양에서 칼의 숨소리를 찾는다

견고해지는 판면의 고집으로
표정은 벗겨내도 같은 모습

벽에 기대 마주서면
눈빛이 깊어지는

한 발 물러서면 겹친 동선 위에 빛이 완성되는

견디는 것이 수없는 자기복제여도
한 줄 이력이 될 수 있다면

명암이 흐려진 길을 따라 돌다

판을 내려놓아도 될 것이다

생활의 귀퉁이처럼 파내고 깎아도
되돌아보면 다시 퍼즐 같은 생소한 길

음각을 파다 양각에서 발이 사라졌다

칼의 눈동자에 그물처럼 붙어있는 것이
나라는 걸 몰랐다

변론

변기,
이것은 분명 그릇이다
살아남기 위해 폭식한 것을 비우는 그릇

밥에서 변기까지는 찰나
누군가는 변이 굵다 가늘다 따지고 들 때가 있다

잘 먹고 잘 싸는 것이 잘 사는 것인데
먹다보면 뒷구멍으로 먹어 탈이 나기도 한다

뒤 한번 돌아본 적 없어 변명이 늘고
밥만으론 채울 수 없을 것 같은 허기를 허겁지겁 먹어치운 까
닭에

나는 지금 변기에 앉아있다

변변함을 위하여
버려야 할 나를 쏟듯 힘을 주며
퍼 넘긴 밥그릇 수를 세고 있다

>

지금껏 밥만 축낸 것은 아닌지
똥마려운 강아지처럼 생의 주변만 맴돈 건 아닌지

변기는 비우라고 나의 밑을 쳐다보지만
나는 비워지지 않을 것 같았다

영광 김씨靈光 金氏

족보에서 나를 찾는다

나는 빛날 혁을 돌림자로 물려받은 왕가의 혈통

알에서 나와 알집으로 되돌아갔다는 전설의 혈통

나를 거슬러 오르면
한 시절 산을 넘고 바다를 건너 대륙을 향하던 말발굽으로 시
작 된 난생설화를 만날 수 있다

경주에 와보니
조상과 내가 만나 실핏줄이 뜨거워진다

능과 능 사이를 오가며
혈족의 증언에 귀를 기울인다

나는 경순왕 28대 손이란다

화

한 마리 노루처럼 헤드라이트 불빛 속으로 사내가 뛰어들었
다 급브레이크에 찢겨진 길 위에 차들이 뒤죽박죽 멈춰 섰다 흩
뿌려진 피가 보였다 화의 발화는 순간의 어긋남 화들이 낭자하
다 화 위로 흰 눈이 흩날리고 누군가는 담배에 불을 붙이고 누군
가는 슬픔에 불을 붙인다 화들이 가라앉기 시작한다 눈 위에 찍
히는 발자국들 그리고 들려오는 앰뷸런스 소리에 화가 수습되어
간다

木人의 주문

나무를 파내다 살점이 파였다 몽글몽글 맺히는 핏방울 혼신의 힘으로 木을 파내고 人을 파낸다

무엇이 나올까

木을 파 호흡을 불어 넣자 의자가 등을 받쳐주었다 목탁의 은은한 소리를 내주었다 순간순간 부를 때마다 양반탈로 각시탈로나 다녔다 이곳저곳 눈을 굴리다 목이 길어지기도 하였다 이제는 숨도 크게 쉴 수 없다 발소리만 들려도 입이 얼어붙고 꼭두각시가 되었다

그의 발길마다 납작 형상을 지으면 가벼운 이름 하나 얻을 수 있을까 시뻘겋게 내리찍은 낙인 같은

모래 인간

네이멍구 쿠부치 사막에 달궈진 태양이 흘러내린다 신기루를 따라가다 한 줌 모래로 쏟아지는 나는 사막 속에서 자란 사생아. 내가 버린 계절 속으로 사막들이 달려온다 우우 모래바람이, 쉬이익 쉬이 쌓인 월요일이. 그리고 오전 11시 나는 거기서 사라진다 사막의 기둥이 송두리째 사라질 때 모래로 교배된 근친상간이라 모래자궁이 나를 데려간다 낙타마저 발목 잡는 모래지옥에서 지평선만 지구의 뚜껑처럼 남았다

산산이 부서져 뒤집힌 모래시계다 나는, 사라졌다

악어 이야기

백화점에서 악어를 보았습니다
프라다족들이 즐겨 찾는 럭셔리한 악어 말입니다

적의를 깔고 검게 엎드린
차르륵 윤기 나는 놈의 등짝이 보이나요?

매장을 나오면
눈앞으로 악어의 눈이 달려드네요

잡느냐 잡히느냐 그것이 문제군요

루이비통족의 발목을 낚아채는 악어의 입
꿀꺽 삼켜버리는 저 악어의 순발력을 보세요

악어의 순발력 앞에선 벗어나기 힘들죠
먹이 선택의 여부는 악어의 눈물 앞에서 결정된다는 후문은
정설일까요

눈빛이 살아 있나요?
그럼 아직 당신은 매장을 못 벗어난 거예요!

하늘매발톱꽃을 심다

맹목이 생겨서 날카로운 발톱과 부드러운 깃털을 가졌다 너는 발톱을 숨기고 하늘을 향하는 날개를 펼친다 너는 호흡을 멎게 할 독설을 숨겼다 긴 부재에 호칭만 남았다 꽃이라는 이름이 있어 휘발되기 전 향기가 한곳에 모였다 순간 너의 웃음이 휘발하고 넓게 펼쳐지는 날갯짓은 눈을 감아야 선명해지는 입맞춤을 할 수 있다 온전할 수 없는 것들은 어둠에 겹쳐야 하나의 몸짓을 갖게 된다 종의 동그란 울음소리처럼

흙에 빠진 너는 그러나 깃털처럼 가벼웠다

봄의 소리를 들었어

베란다 화분에서 소곤거리는 소리가 들려

쭈욱 쭉
기지개를 켜며 일어서려는 것처럼

히아신스
한 순간 작은 초록이 입술을 내밀고 있어

물을 주는데
내 발등에 몇 방울의 물이 튀었어

그때 얼음 밑에서
잘 잘 잘 강물 흐르는 소리가 들려왔어

가까운 곳에서
꼬물거리며 깨어나는 소리

첫 단추를 풀며 세상의 문을 여는

내 몸에도 생기가 돌고 있어

히아신스가 피면 내게도 꽃향기가 번질까

성큼 다가온 저 손길

느껴

봐!

두리안에 빠지다

밀림 속을 바람처럼 누비는 맹수를 위한 것인지도 몰라
쑥과 마늘로는 하늘을 열지 못한 호랑이를 위한 것인지도 몰라

열대과일의 황제!
두리안에 빠졌어

두리안을 자르면 지독한 냄새가 나
어쩌면 인류가 썩어가는 냄새일지도 모르지
하지만 기막힌 맛을 볼 수만 있다면 참아야지

누군간 이런 말을 했지
냄새는 지옥! 맛은 천국!

순간 숨을 참고 한 입 베어 물어 봐
기 막힌다는 말은 이런 때 쓰는 거야

바나나 망고가 혀끝에서 사르르 녹는다고? 천만의 말씀!
첫사랑 해봤어? 그래 첫사랑 맛이야

맹수는 사냥 후 맨 먼저 내장을 먹는다는데

그 맛을 알 것 같아

손이 가요 손이 가 처럼 내 손에 들린 두리안이 그래

중독된 거 맞지!

자웅

수탉이 깨어나면 그 하루는 시끄러웠다

늘 남의 편인 할머니에게 어머니는 좋은 먹잇감이었다 여자는
자고로…로 시작해서 여편네는…으로 당신과 선을 긋던 할머니
는 분명 수탉

우르르 달려들어 찍어대던 연년생 남동생은 근동의 쌈닭이지
만 주먹다짐에 코피라도 터지고 돌아오면 할머니는 낮은 벼슬을
앞세우고 찾아가 그 애 집을 들쑤셨다

하지만 나에겐 할머니의 우상인 오빠가 수탉이나 쌈꾼보다 더
무서웠다 풀죽어 돌아온 해거름녘 오빠는 여린 내 볏을 쪼아대
기어이 피를 보았다

한때 여자만 쪼아대던 수탉도 어느덧 홰를 치고 사라지고 알
잘 낳고 틈만 나면 수탉과 자웅을 겨루던 암탉의 시절일 때도 있
었다

아무 일 아닌 것도 걱정이 되는

아무 일 아닌 것도 걱정이 되는 것은 사랑의 일

맥 빠지듯 일상을 놓은 당신이 잠깐 흐려졌다
봄이 오는지 동백은 더 붉게 떨어지고

계절의 끝에 닿으니 혀끝도 무뎌진단다

짜지는 손맛처럼
세상이 쉽게 절여진다는 당신의 말이 죽비소리처럼 들렸다

꽃구경 한번 맘껏 못해봤다는 당신과 오늘은 꽃구경 간다

동백꽃 열차에 몸을 실은 당신을 보며
유채꽃 피기 전에 입맛이 돌아왔으면 했다

덜컹, 꽃무덤에 갇혔다

지천으로 달아나는 봄꽃 속에서
개똥밭에 굴러도 이승이 좋대요라고 말했다

\>

꽃무덤에 갇혀 웃고 있는 당신을 보면
아무 일 아닌 것도 걱정이 되는 격정의 봄이었다

나와 당신을 호명하는 언어와 몸의 문양

조동범 시인 · 중앙대 문창과 겸임교수

나와 당신을 호명하는 언어와 몸의 문양

조동범 시인 · 중앙대 문창과 겸임교수

시인의 음성을 듣는다. 작품 속의 시적 주체는 타자를 호명하며 끊임없이 '나'의 이야기를 하고자 한다. 김혁분의 시는 시적 발화자들의 음성이 우리의 눈길을 사로잡으며 다가온다. 그들은 '당신'이며 '너'이면서 동시에 '나'인 존재들이다. 시적 주체인 '나'는 끊임없이 '너'와 '당신'을 호명하며 '나'의 밖에 있는 또 다른 존재를 소환하려 한다. 시인의 음성은 '나'로부터 시작하여 '너'와 '당신'으로 전이되며 무수히 많은 이들과 세계를 만들어낸다.

한편 '나'라는 세계는 '나'의 안으로 수렴되며 내부의 이야기를 펼쳐놓기도 한다. 그러나 그것은 단순히 '나'의 이야기에 그치는 것이 아니다. '나'의 안으로 수렴되는 '나'의 이야기는 '나'를 통해 발현되는, 우리의 삶과 세계 전반에 대한 통찰이자 해석이다. 그것은 물론 '너'와 '당신'의 이야기에서도 다르지 않다. 시인은 끊임없이 시적 화자를 소환하여 시의 세계와 시적 이야기를 구축하고자 한다. 이렇듯 김혁분의 시는 시적 정황이나 대상보다 시적 화자를 중심으로 하나의 풍경을 마련한다.

달력에 동그란 나를 그려 넣었어 불만으로 불러도 만족으로 대
답하는 수많은 나라는 난 파스타 면발보다 질긴 나라는 난 싱크
대에 쏟아지는 석양에 한순간 사라지기도 하는 나라는 난 화장실
세제에 쓸려 내려가는 나라는 난 오해의 일은 매번 이해의 일은
요원 닳고 닳아 사라질까 막막하게 나를 잃어버릴까 달력에 나를
그려 넣었어 수많은 별칭에도 내가 부르면 어디에도 없는 나라
는 난 나의 실종에 또 다른 나를 호출해내는 저 완벽한 모순으로
한번쯤 나를 확인하고 싶었어 8월 그믐에 다시 태어나고 싶었어

happy birthday
다같이 happy birthday
— 「happy birthday」 전문

달력이라는 하나의 세계가 있다. 그것은 시간이며 세월이며
하나의 역사이다. 그리고 그 안에 무수히 많은 '나'라는 삶과 세
계가 있다. 이곳에 "불만으로 불러도 만족으로 대답하는" '나'는
수없이 많다. "파스타 면보다 질긴 나라는" '나'가 있으며 "싱크
대에 쏟아지는 석양에 한순간 사라지기도 하는 나라는" '나'가
있고, "화장실 세제에 쓸려 내려가는 나라는" '나'가 있기도 하
다. 그러니까 '나'는 단순한 시적 화자가 아니라 시의 세계가 구
축하고자 하는 삶과 세계 그 자체이다.

'나'를 통해 비롯되는 세계가 바로 "happy birthday"이다. 생

일이라는 한 생애의 기원은 곧 하나의 세계가 출발하는 것을 의미한다. 달력이라는 하나의 세계에 비로소 모습을 드러내는 '나'의 생일은 '나'라는 실존의 탄생을 의미한다는 점에서 세계의 드러남이기도 하다. 이때 '나'라는 세계는 결코 사라지지 않는다. "수많은 별칭에도 내가 부르면 어디에도 없는 나"는 사라진 '나'의 존재를 의미한다기보다 또 다시 태어나는 '나'를 예비하는 발언이 된다. 그리하여 시인은 "나의 실종에 또 다른 나를 호출해내는 저 완벽한 모순으로 나를 확인하고 싶"은 것이다. 이렇게 하나의 세계는 사라지면서도 '나'라는 세계를 끝도 없이 펼쳐놓는다. 그러나 때로는 죽음이라는 사라짐을 예비하기 위해 묘비명을 미리 써놓기도 한다.

당신이 미리 써놓은 묘비명을 읽었습니다

등불이었습니다
이제는 그 등불 밑에 우리가 모여 당신을 밝히고 있습니다

발열의 징후처럼 붉은 줄이 늘어갑니다

당신은 모로 누우면
땅의 소리가 목관악기처럼 편하게 들린다고 하였지만

우리에겐 당신의 울림이 낮게 파동 쳐 온 몸을 저미게 합니다

아무것도 할 수 없어

깨진 뒤에야 느끼는 통증만 남아있습니다

수리할 악기처럼

당신은 깊은 잠으로 빠져들고

당신 밖의 일은

당신과 상관없이 지나가고 있습니다

당신이 미리 써놓은 묘비명이

모인 우리를 죽비처럼 내려치고

— 「취급주의」 전문

시적 주체와 타자인 '당신'은 서로 다르지 않은 존재이다. 그것
이 무엇이든 그것들은 애초에 하나의 몸으로부터 비롯된 것이며
처음과 끝 역시 같다. 바로 그곳에 삶과 죽음이 있다. 그리고 삶
의 순간을 응시하는 죽음이 있다. "미리 써 놓은 묘비명"을 읽는
'당신'은 삶이면서 동시에 죽음을 응시하고 있는 존재이다. 당신
은 죽음처럼 "모로 누우면"서 지나온 삶과 앞으로 맞닥뜨리게 될
죽음, 그리고 "깨진 뒤에야 느끼"게 될 통증을 감각하고 있다. 삶
을 지나치는 것은 죽음을 향해 가는 것이라고 시인은 말한다. 그
러나 죽음은 언제나 우리의 것이 아닌 것처럼 무심하게 펼쳐지기
마련이다. 그것은 마치 "당신과 상관없"다는 듯이 지나가고, 당
신이 예비한 묘비명은 죽음의 이야기를 풀어 "우리를 죽비처럼

내려"친다. 시인이 삶과 죽음을 바라보는 방식은 이처럼 다르지 않다. 삶과 죽음은 하나의 연장선상에서 우리 앞에 당도하는 것이고, 시인은 그것이 바로 삶이라고 이야기한다. 그런 점에서 시인이 호명하는 '나'와 '너'와 '당신'은 삶과 죽음을 처연하게 바라보려고 하는 자의 시선이며 삶과 죽음 그 자체이기도 하다.

당신이 묻고 있는 나는
당신의 꼬리 끝에서 시작한 훗날이다

뒷모습은 기억을 더듬는 열차처럼 멀어져도
꼬리는 꼬리표처럼 달고 살겠지만

당신이 선심 쓰듯 손을 내민 것이 위로가 아니었기에
당신이 나를 흔들수록 눈 코 입이 사라져도 내 꼬리는 격렬
해졌다

바닥을 휘저어야 뜨는 꼬리곰탕처럼
뒤섞이고 싶었지만 꼬리가 내 표정을 읽어버려

혓바닥을 데며 벽보다 더 단단한 바닥을 견딘 것은
가슴 밑바닥부터 데울 중심을 찾기 위해서였다

무작정 무대 밖으로 벗어던질 수 없는 훗날이라서

어느 날 당신이 꼿꼿하게 세운 내 꼬리를 본다면
그것은 내가 흘린 눈물의 외침

화려한 공작의 꼬리나 여우의 꼬리보다
틈을 비집고 나가려는 꼬리라서 당신을 쉽게 떠날 수 있었다

당신의 꼬리 끝에 꼬리표 하나를 더 붙여놓았다
— 「꼬리의 훗날」 전문

　삶과 죽음을 하나의 세계로 파악한 것처럼, 시인은 '나'의 상처
와 '당신'의 상처가 같은 것이라고 말한다. 시인에게 삶과 죽음
이 하나의 세계 안에 존재하는 것처럼 '나'와 '당신' 역시 다른 존
재가 아니다. '나'와 '당신'은 분리된 타자이지만 하나의 세계로
수렴되는 존재이기도 하다. 나의 상처는 곧 당신의 상처이며 당
신의 상처 역시 곧 나의 것이다. 그러므로 '당신'과 '나'는 하나의
세계로 이어진 존재가 된다. 서로 다른 것을 하나의 영역으로 인
식하고 수용하는 것은 결코 쉽지 않다. 시집을 통해 드러난 시인
의 발성과 세계관이 놀라운 이유는 바로 이와 같은 동일성에 대
한 인식 때문이다.
　그 모든 슬픔과 비애 가운데에서도 이 시집이 아름답게 다가
오는 이유는 삶과 세계를 분절된 것으로 인식하지 않고 이어진
하나로 파악하기 때문이다. '나'라는 존재는 "당신의 꼬리 끝에
서 시작한 훗날"이고 그 삶은 모든 격렬함에도 불구하고 당신을
떠날 수 없는 존재이다. 그러나 시인은 "틈을 비집고 나가려는

꼬리인" '나'는 "당신을 쉽게 떠날 수 있"다고 말한다. 그런데 그 것은 과연 모든 관계를 부정하는 절연일까? 당연히 그것은 절연 도, 어쩔 수 없는 이별도 아닌 것이다. "당신의 꼬리 끝에 꼬리표 하나를 더 붙여놓"은 '나'의 마음은 영원히 꼬리의 세계 안에 머 물 것이기 때문이다. 결국 시인은 이별을 이야기하는 듯싶지만 모든 삶과 세계를 하나로 이해하고야 만다. 그것은 삶과 세계에 대한 강한 애정이 아니면 보여줄 수 없는 시적 인식이다. 그리고 이와 같은 시인의 애정과 끌림은 무덤덤하게 펼쳐지고 흘러가는 삶을 바라볼 때에도 여지없이 드러난다.

한때는 덤덤했지

어느 날 저녁 당신이 나를 열어 나는 뜨거워졌지

긴장하지 마
예열을 위해선 시간이 필요해

훅훅
머리에서 가슴으로 그리고 배꼽까지 내려가고 있는 열기

더 이상 견딜 수 없을 때

그때
나를 열어 봐

침착해야 해

다 데워지지 않았다면

좀 더

조금만 더

— 「오븐」 전문

'나'와 '당신'은 이렇게 하나의 세계를 이룬다. "한때는 덤덤"
했던 존재들은 "어느 날 저녁 당신이 나를" 열고나서 뜨거워지
기 시작한다. 그러나 서로의 관계는 쉽게 뜨거워지지 않는 법이
다. "예열을 위해선 시간이 필요"하고 '나'와 '당신'의 관계 역시
하나의 세계로 합일에 이르기까지 더 많은 시간을 필요로 한다.
어쩌면 시인이 삶과 죽음을, '나'와 '너'와 '당신'을 하나의 세계
로 바라보는 것은 이러한 기다림을 전제로 하기 때문에 가능한
것인지도 모른다. 시인은 우리 앞에 펼쳐진 것들을 천천히 응시
하고자 한다. 그곳에 쉽게 달아오르는 뜨거움은 없을지 모르지
만 그런 만큼 '나'와 '당신'은 더욱 간절해진다. 시집 전반을 관통
하는 시인의 음성은 낮고 조용하지만 단호하고, 그윽하지만 강
렬하다. 그것은 아마도 시인이 세계를 바라보는 태도와 관련이
있어 보인다. 그리고 이러한 태도는 시적 분위기를 형성하며 시
집 전반의 매혹을 만들어낸다. 이토록 고요한 강렬함과 끌림이
라니!

그런데 이 시집에는 하나의 세계로 수렴되는 매혹 이외에 또

다른 특별함이 있다. 바로 몸의 상상력이 그것인데, 언뜻 보기에 몸의 상상력은 앞에서 이야기한 시적 경향과 친화력을 지니지 못하고 있는 것처럼 느껴진다. 하지만 몸의 상상력은 '나'와 '너'와 '당신'을 통해 발현되는 시적 세계와 긴밀한 관계를 유지하며 특별한 매혹을 만들어낸다. '나'와 '너'와 '당신'이라는 시적 주체는 몸을 통할 때라야 실재하는 존재가 되기 때문이다.

　　당신과 나의 젖은 바닥이었다 얼룩을 마른 손으로 문질러 본다 젖었다는 것은 당신과 내가 같은 생을 통과하는 중이라는 증거지만 아직도 나는 당신의 바닥에서 웃는 얼굴을 해야 하는 늙은 여인이다 여인의 화장이다 때론 당신이 내 손을 잡으며 불쑥불쑥 믿음을 말하지만 그건 절망들 침이 마르도록 말해도 입술에 침만 바르는 당신이기에 이제는 긴 침묵으로 바닥이 흥건하다

　　그 흥건한 자리에서 나는 다시 입을 뗀다
　　─「젖어 있다는 것」 전문

　몸의 상상력은 중요한 시적 발성이다. 몸이 드러내는 즉물적 세계는 그 안에 무수히 많은 삶의 모습을 새김으로써 우리가 경험하는 삶과 세계 그 자체가 된다. 따라서 몸은 단순히 육체적 존재의 지위에 머물지 않고 우리의 삶 전반을 아우르며 삶의 실체와 진실에 가까이 다가선다. 그리고 몸은 그것이 지니고 있는 육체성을 통해 발현되는데, 이때 육체는 단순한 '몸'으로 국한되지 않는다. 당연히 몸은 하나의 주체임과 동시에 타자의 지위를

지니고 있는 것이다. 그것이 주체이든 타자이든 그것은 중요하지 않다. 이때 몸은 스스로 하나의 삶과 세계를 구축하는 능동적인 존재이다. 그렇기 때문에 몸은 '나'와 '너'와 '당신'이라는 주체를 호명하는 중요한 지점이자 사건이 된다.

시인은 몸이라는 영토를 통해 '나'와 '너'와 '당신'의 이야기를 전개한다. 그것은 손이나 입술을 통해 타자와 관계하며 하나의 세계를 만들어낸다. 따라서 시인에게 몸은 이 모든 세계를 연결하는 중요한 지점인 것이다. "당신이 내 손을 잡으"면 그곳으로부터 믿음이나 절망 따위가 펼쳐진다. 그리고 입술과 침을 통해 말과 침묵이 흘러나오기도 한다. 그러니까 몸은 우리가 인식하는 모든 세계이자 관계의 총체이다.

목욕탕 안에서
한 여인이 씻고 있어

코끼리 같은 몸으로
어디서 물 좀 써 봤다는 듯 샤워기를 틀어놓고

몸에 물이 닿자 폭포가 생겼어
가슴에서 1단 배에서 2단 그 아래로 3단

3단 폭포가 몸을 약간 구부리자 2단으로 변신했어

나는 그 옆에서 빈약한 가슴을 가리며

젖탱이란 말을 국어사전에서 찾아보고 싶었어

코끼리처럼 쿵쿵거리며
두 발을 벌리고 서 있는 여인은 분명 정글 숲에 있었어

검은 수풀을 헤집으며
정글 숲을 지나가고 있었어

나는 정글 숲을 돌아서 가며
물은 물 쓰듯 써 버려야한다고 오늘 한 수 또 배웠지
 ― 「목욕탕에는 국어사전이 없다」 부분

　시인은 한 여인의 몸을 관찰하고 있다. 여인의 몸은 삶의 질곡
을 그대로 담은 것만 같은 모습이다. 그것은 아름다움도 추함도
아닌, 그저 몸일 뿐이라고 시인은 말한다. 그리고 그저 몸일 뿐
인 몸은 그 자체로 삶의 경이이자 아픔이 되기도 한다. 몸을 통
해 재현되는 삶은 얼마나 진솔한 음성을 지니고 있는 것이던가!
시인이 인식하는 몸의 상상력은 바로 이런 것이다. 시인이 응시
하는 몸은 그것만으로 삶 그 자체이다. 우리의 삶을 관통하는 모
든 희비의 순간들은 몸을 통해 생생한 삶의 현장과 기억이 되기
에 이른다. 따라서 「목욕탕에는 국어사전이 없다」에 등장하는
여인의 몸은 삶의 희로애락이 음각된 처연한 세계이다. 시인은
희로애락이 음각된 몸을 통해 이것이야말로 진짜 삶이라고 우
리에게 힘주어 말한다. 이토록 숙연한 몸의 상상력이라니! 김혁

분 시인이 드러내는 몸의 상상력이 우리에게 강렬한 매혹이 되
는 이유는 그것이 생생한 날것 그대로의 치열함을 지니고 있기
때문이다.

목젖은 목적에 이르는 통로 같은 것

한 사내가 목젖을 내놓고
부서진 벽돌 같은 웃음을 짓는다

어디서 놓친 것일까
미끄러진 그녀의 귀를

마음 통하는 접점은 입이 아닌 귀라서
눈이 먼저 우기의 강물처럼 흘러넘치고 있다

목젖을 내보이는 것은 목을 내놓는 것

한 여자의 침묵 속에서
사내의 눈동자가 구르고 있다

그녀의 심장에 과녁을 세우려는 사내는
제 전부를 걸고 종처럼 흔들리고 있다
　　　　―「목적은 과녁이 아니다」 부분

"목을 내놓는 것"은 나의 모든 것을 거는 행위이다. 따라서 "목젖을 내보이는 것은 목을 내놓은 것"이라는 말은 의미심장하다. 시인의 몸은 이토록 절박하게 삶을 이야기한다. 시인에게 몸은 단순히 삶을 드러내는 표면적 대상이 아니다. 그것은 절박한 삶을 고스란히 보여주는 기호이며 때로는 삶 자체가 되기도 한다. 이때 몸은 단순한 육체성을 넘어서며 삶이 관통하는 처절한 사투의 장이 된다. 그럼으로써 김혁분 시의 몸은 특별한 의미와 상징을 지니는 존재로 올라서게 된다.

『목욕탕에는 국어사전이 없다』는 '나'와 '너'와 '당신'이라는 주체와 그들의 몸을 통해 현현하는 질박한 삶의 현장이다. 그리고 그러한 삶은 하나로 응집되며 우리가 살고 있는 세계의 실체를 상징화한다. 여기에 무수히 많은 '나'와 '너'와 '당신'이 있다. 그리고 그곳에 우리 모두의 삶과 세계가 있다. 그곳에서의 삶이 쉽지는 않지만 질박한 몸의 언어는 그것이야말로 진짜 우리의 삶이라고 말한다. 어쩌면 그것은 "심장에 과녁을 세우려는" 고통의 순간일 수도 있고, "제 전부를 걸고 종처럼 흔들리"는 삶의 절박함일 수도 있다. 시인이 말하려는 것은 바로 이와 같은, 절체절명 앞에 놓인 우리 모두의 삶인 것이다. 벼랑 끝에 선 것만 같은, 더 이상 물러설 수 없는 그 어떤 순간과 몸의 문양인 것이다.

김혁분 시집

목욕탕에는 국어사전이 없다

발   행 2019년 12월 20일
지 은 이 김혁분
펴 낸 이 반송림
편집디자인 김지호
펴 낸 곳 도서출판 지혜 · 계간시전문지 애지
기획위원 반경환 이형권
주   소 34624 대전광역시 동구 태전로 57, 2층 도서출판 지혜 (삼성동)
전   화 042-625-1140
팩   스 042-627-1140
전자우편 ejisarang@hanmail.net
애지카페 cafe.daum.net/ejiliterature

ISBN : 979-11-5728-381-1 03810
값 10,000원
이 책의 판권은 지은이와 도서출판 지혜에 있습니다.
양측의 서면 동의 없는 무단 전제 및 복제를 금합니다.

김혁분

충남 보령에서 태어나, 2007년 계간 『애지』에 「젓 가락에 대한 단상」외 4편으로
등단하여 작품 활동을 시작하였다.

이메일 : kimhb1212@hanmail.net